KB091949

울타리

이장옥 노재두 심애경 공동시집

이장옥 노재두 심애경 공동시집

울타리

초판 인쇄일 2024년 4월 28일
초판 발행일 2024년 4월 28일

지은이 이장옥 노재두 심애경
펴낸이 장문정
펴낸곳 도서출판 그림책
디자인 이정순 / 정해경
출판등록 제2010-000001
주소 경기도 수원시 영통구 이의동 웰빙타운로 70
연락처 TEL070-4105-8439 (010)2676-9912
E-mail : khbang21@naver.com

이장옥 노재두 심애경 공동시집

울타리

님께 드립니다

책을 내며。

자서

어머니, 아들, 며느리가 같은 곳에서
영광스러운 시인 등단을 하고
특별한 인연의 한 울타리 안에서
더 가까이 독자와 만날 수 있도록
기회를 마련하였습니다.

사랑과 진리의 인생 열차에 탑승한
독자들께서 더불어 웃음꽃 피우시도록
잘 익은 감성으로
詩의 술을 한잔 올리고자
결혼식 날 詩集 『울타리』시집을 출간하오니
축하의 마음 함께 하길 바랍니다.

이장옥 (어머니)
노재두 (아 들)
심애경 (며느리)

2024년 4월 28일 합천 황강 근교에서

울타리

이장옥 시인 아호 /서현

노재두 시인 아호 /석정

시의전당문인협회 부회장
시의전당문인협회 합천지사 고문
정형시조의 美 자문위원
전라매일신문 외출 신문등재
청옥문학 문인협회 신인문학상
청옥문학 문인협회 정회원
부설 시낭송 대학 2기 수료증
삼가면 노인정회원
부설한문대학 15기 고급반 자격증취득
국회의원 문학표창장
저서 – 울타리 外 동인다수

주)부광산업개발 대표이사
주)부광건설 대표이사
시의전당문인협회 부회장
시의전당문인협회 합천지사 지회장
시의전당문인협회 지회장 표창장
전라매일신문 일봉사의 하루 등재
시의전당문인협회 이달의문학상 우수
시의전당문인협회 시화전 입상
정형시조의 美 자문위원
청옥문학 문인협회 신인문학상
청옥문학 문인협회 정회원
국회의원 문학표창장
저서 – 울타리 外 동인다수

심애경 시인 아호/예지

출생 : 전라남도 해남
현)시의전당문인협회 회장
현) 정형시조의 美 회장
제1회 석교시조문학 문학상수상
제2회 석교시조문학 대상 수상
풀빛소리시문학 시낭송 대상
시의전당문인협회 공로상
충열 문학상후원회 공로상(청옥문학)
시낭송1급지도자 자격증
동서대 사회교육원 시낭송수료증
제8회 무궁화 벽송시조 문학상
시의전당문학상후원회 감사장
영호남문인협회 작품상
부산문인협회회장 표창장

시와늪문인협회 3월시제 우수작수상
청옥문인협회 공로상수상
한글사랑 시민연대 위촉장
전라북도 도지사상
국회의원 사회봉사상
국회의원 사회봉사상
재부산 호남 향우회 공로패수상
시의전당문인협회 회원시집 시평다수

저서
1집 혼을 담은 시조향기
2집 엄마의 살강
3집 울타리

1부 야생화의 노래

이 장 옥 시인

텃밭 일기

이장옥

계절마다 변화하는 남새밭은 마음의 정원
양떼구름 푸른 하늘에서 뛰놀고
설레는 듯 노랑나비들
장다리꽃 속에 숨바꼭질 한창이다

이제는 정이 들어 살갑기만 한 흙냄새
손으로 흙을 만지면 느껴지는 건강한 인생
자연과 하나 된 행복으로
팔십을 훌쩍 넘긴 나이조차 잊는다

건강을 책임지는 텃밭은
계절의 이야기가 살아 숨 쉬는 공간이다
씨앗을 심으니 새싹 돋고
꽃을 피우며 수확의 싱싱한 기쁨을 누린다

세상이 어디에서든 그리 만만하랴만
나팔꽃처럼 안부 묻는 자식 곁에 있고
오이처럼 쑥쑥 크는 손주 크는 재미 쏠쏠하니
내 인생의 텃밭 이만하면 풍작이다

텃밭 일기

이장옥

계절마다 변화하는 남새밭은 마음의 정원
양떼구름 푸른 하늘에서 뛰놀고
설레는 듯 노랑나비들
장다리꽃 속에 숨바꼭질 한창이다

이제는 정이 들어 살갑기만 한 흙냄새
손으로 흙을 만지면 느껴지는 건강한 인생
자연과 하나 된 행복으로
팔십을 훌쩍 넘긴 나이조차 잊는다

건강을 책임지는 텃밭은
계절의 이야기가 살아 숨 쉬는 공간이다
씨앗을 심으니 새싹 돋고
꽃을 피우며 수확의 싱싱한 기쁨을 누린다

세상이 어디에서든 그리 만만하랴만
나팔꽃처럼 안부 묻는 자식 곁에 있고
오이처럼 쑥쑥 크는 손주 크는 재미 쏠쏠하니
내 인생의 텃밭 이만하면 풍작이다

야생화의 노래

이장옥

한 줄기 햇살에 마음을 열고
되돌아보는 인생
비탈 언덕에 피어난 야생화
비바람에 시달리면서도
삶을 노래하네

척박한 땅에 뿌리내려 견뎌낸
눈물겨운 시간
야생화는 연약하고 소박하지만
향기로움으로 증언하는
강인한 생명력이다

나를 찾는 여정 속에서
때로는 힘겨운 세월의 아픔이
꽃으로 피어나는 감회
이젠 삶의 행복에 미소 머금은
시인으로 살고 싶다

억척으로 일군 인생밭

이장옥

그림 같은 집 한 채 마련하기 위해
메마른 땅 위에
잡초의 끈질긴 사투와
하루가 지치도록 손에 갑골문자
쇠멍까지 든다

근심이 한 겹씩 안으로만
파고드는지
여기저기 부지런한 호미 자국들
살아가는 일은 버겁고
무엇 하나 만만치 않다

무겁다 한들 내려놓을 수도 없고
힘들다 한들 마다할 수도 없는
인생을 짐 지고
고락을 함께해온 호미처럼 휜 등이
세월의 부축을 받는다

고통은 삶 속에 성숙한다

이장옥

계절도 삶도 고통 속에서
성장한다

감꽃이 지고도 한참을 지나야
감이 익듯이

인간의 성숙도 나이가 들듯이
땡볕에 불태워 달궈져야
비우고 또 비우며
인생의 쓴맛을
깨닫게 된다

고통은 삶 속에 성숙한다
이장옥

계절도 삶도 고통 속에서
성장한다

감꽃이 지고도 한참을 지나야
감이 익듯이

인간의 성숙도 나이가 들듯이
땡볕에 불태워 달궈져야
비우고 또 비우며
인생의 쓴맛을
깨닫게 된다

출세

이장옥

말로만 듣던 서울로
시인 등단 할끼라꼬
달랑 주소 하나 들고
길을 나섰다

정신 바싹 안 차리면
코를 베 간다고
영감이 겁을 엄청 줬어도
난 출세가 먼저였다

한양 왔다고 출세는커녕
동냥하는 신세다

시인의 길
이리도 먼 길일 줄 몰랐다

출세

이장옥

말로만 듣던 서울로
시인 등단 할끼라꼬
달랑 주소 하나 들고
길을 나섰다

정신 바싹 안 차리면
코를 베 간다고
영감이 겁을 엄청 줬어도
난 출세가 먼저였다

한양 왔다고 출세는커녕
동냥하는 신세다

시인의 길
이리도 먼 길일 줄 몰랐다

생존의 힘
이장옥

생명의 깊숙한 곳에서
꿈틀거리는 생존의 본능

꽃이 피기 까지
보이지 않는
그 얼마나 많은 것들이
숨어 있었을까

황금빛 꽃길 닮은
모습처럼

새순으로 다시 빛나기를
기도해봅니다

생존의 힘

이장옥

생명의 깊숙한 곳에서
꿈틀거리는 생존의 본능

꽃이 피기 까지
보이지 않는
그 얼마나 많은 것들이
숨어 있었을까

황금빛 꽃길 닮은
모습처럼

새순으로 다시 빛나기를
기도해봅니다

모과

이장옥

겨울 달빛 뭉근히 내려
눈망울까지 퉁퉁 부어오른
못난 가슴에도 향기는 있더라

생김새 볼품없어도
진심이었던,
울퉁불퉁 뛰는 심장소리

단단한 너의 가슴 못 열어
먹지도 못하고 향기에 젖어
너만 바라만 보다가

충치처럼 까맣게 썩어버린
그런 사랑 내게도 있었지

모과

이장옥

겨울 달빛 뭉근히 내려
눈망울까지 퉁퉁 부어오른
못난 가슴에도 향기는 있더라

생김새 볼품없어도
진심이었던,
울퉁불퉁 뛰는 심장소리

단단한 너의 가슴 못 열어
먹지도 못하고 향기에 젖어
너만 바라만 보다가

충치처럼 까맣게 썩어버린
그런 사랑 내게도 있었지

2부 ─민들레 홀씨

이 장 옥 시인

외출

이장옥

나이가 드니
내 속의 또 다른 네가
꿈틀거린다

거미줄 치듯
내 속에 네가 너무도 많아
이야기하고 싶은 날은
외출하기 딱이다

삶을 화장을 하고
빨갛고 노랗게 물든
가을 몇 장 주워본다

퍼석한 내 한 생도
저 낙엽처럼
고와질 수 있을까

외출

이장옥

나이가 드니
내 속의 또 다른 네가
꿈틀거린다

거미줄 치듯
내 속에 네가 너무도 많아
이야기하고 싶은 날은
외출하기 딱이다

삶을 화장을 하고
빨갛고 노랗게 물든
가을 몇 장 주워본다

퍼석한 내 한 생도
저 낙엽처럼
고와질 수 있을까

꽃무릇

이장옥

붉은 선홍빛 임이여
누구를 기다리며
그토록 애달프나

가녀린 촉수마다
핏빛으로
물들이고

한 줄기 꽃대 위에
혼자서 붉디붉은

밤새 삭힌
까맣게 타는 저 그리움들

꽃무릇

이장옥

붉은 선홍빛 임이여
누구를 기다리며
그토록 애달프나

가녀린 촉수마다
핏빛으로
물들이고

한 줄기 꽃대 위에
혼자서 붉디붉은

밤새 삭힌
까맣게 타는 저 그리움들

민들레 홀씨

이장옥

민들레 홀씨처럼
얼마만큼의 거리에
그렇게 지구를 떠돌아야
세상을 다 알 수 있을까

기쁘면 기쁨으로 울고
슬프면 슬플 때 슬피 울고

그러면 민들레 홀씨처럼
몸도 마음도
가벼워진다지요

민들레 홀씨

이장옥

민들레 홀씨처럼
얼마만큼의 거리에
그렇게 지구를 떠돌아야
세상을 다 알 수 있을까

기쁘면 기쁨으로 울고
슬프면 슬플 때 슬피 울고

그러면 민들레 홀씨처럼
몸도 마음도
가벼워진다지요

드라이플라워

이장옥

당신이 했던 말들이
내 가슴에 마른 꽃으로 남아
향기 나는 세월 다 비워지기까지
말라붙는 웃음은 빛깔로 남아서
뼛속까지 목이 마른다
더 이상 젖을 일에 울지 않으리

드라이플라워

이장옥

당신이 했던 말들이
내 가슴에 마른 꽃으로 남아
향기 나는 세월 다 비워지기까지
말라붙는 웃음은 빛깔로 남아서
뼛속까지 목이 마른다
더 이상 젖을 일에 울지 않으리

나이

이장옥

배 안 부른 나이
공짜로 먹었다고
좋아하는 사람
세월이 약이라더니
어느 날 백내장 수술하고
어느 날 임플란트 하고
또 무릎관절 수술하며
보청기까지 끼었다지
그놈의 공짜가 사람 잡지요

계절에 물들고

이장옥

계절은 소식도 없이
가을 정거장을 향해 흘러만 간다
계절을 머물던 빛바랜 잎사귀마저
꽉 잡은 손 놓고 말았지

하얗게 세어버린
당신의 그리움

가을볕에 무지갯빛으로
물들고 싶은

달과 별

이 장옥

달 밝은 산 아래
별 하나 반짝인다

불 밝힌 소망 헤아리며
별빛 밟고 돌아온
잠드는
가난한 아들

제일 먼저 일어나 별빛을 끈다

아들아
각박한 세상
별 하나 내 것이 없다면
어찌 세상을 견뎌낼 수 있으랴

달과 별

이 장옥

달 밝은 산 아래
별 하나 반짝인다

불 밝힌 소망 헤아리며
별빛 밟고 돌아온
잠드는
가난한 아들

제일 먼저 일어나 별빛을 끈다

아들아
각박한 세상
별 하나 내 것이 없다면
어찌 세상을 견뎌낼 수 있으랴

3부 — 삶을 기록하다

이 장 옥 _{시인}

쓰레기
삶을 기록하다
단풍으로 물들 때
세월
마실
사랑하고 싶은 날

쓰레기

이장옥

버리면 그만인 물건들

 왜

손에 꼬옥 쥐고
놓지도 못했나

삶을 기록하다

이장옥

빛도 어둠도 바닥을 향해 내려와
앉은 자리
땅 그림자도 길동무 되어 주고
겨울 햇살을 반쯤 삼킨
달님은 내려와 내 어깨까지
부추겨 준다

둥글게 사는 게 얼마나 힘든 것인지
몸으로 기록 중이다

단풍으로 물들 때

이장옥

세월은 시냇물 같아서
한번 흐르면
다시는 돌아올 줄 모르더라
가까이 있는 친구들도
하나씩 떠나보내고
눈시울까지 붉어져 본
사람은 영혼까지 버리는
법을 안다
내려놓고 알아차리는 순간
가장 아름다운 삶이다

내 나이 85세 생의 절정에 서서
황혼으로 아름답게 불타는 날

가장 황홀한 빛깔로
우리의 인생 물이 드는 날에

단풍으로 물들 때

이장옥

세월은 시냇물 같아서
한번 흐르면
다시는 돌아올 줄 모르더라
가까이 있는 친구들도
하나씩 떠나보내고
눈시울까지 붉어져 본
사람은 영혼까지 버리는
법을 안다
내려놓고 알아차리는 순간
가장 아름다운 삶이다

내 나이 85세 생의 절정에 서서
황혼으로 아름답게 불타는 날

가장 황홀한 빛깔로
우리의 인생 물이 드는 날에

사랑하고 싶은 날

이장옥

별처럼 빛난 무지갯빛
고백을 심었어요

숨었던 그리움
꽃으로 활짝 피어나게요

사랑은 나이와 상관없나 봐요

어느 날 문득,
마음까지 배어들었어요

사랑하고 싶은 날

이장옥

별처럼 빛난 무지갯빛
고백을 심었어요

숨었던 그리움
꽃으로 활짝 피어나게요

사랑은 나이와 상관없나 봐요

어느 날 문득,
마음까지 배어들었어요

마실

이장옥

세상 물정 모르고
비바람에 찢기어 온 긴 세월
꽃잎이 바람에 뒹굴며 마실 나간다
한잎 두잎 벗겨진 겉옷처럼
꽃잎으로 쌓인 인생 길

봄바람에 개나리꽃 진달래꽃
이름값으로 톡톡히 치르며 피고 진다

마실 한 번 못가고
속절없이 피고 지며
이제는 꽃대만 앙상한
내 나이를 보게 된다

세월

이장옥

뒤돌아보면

곧 잡힐 것 같은

짧은

인생의 길을 걸었다

1부 ─ 사랑 박음질

노재두 시인

그녀는 그믐달
사랑 박음질
자동 설치
부자 만들기
나는 꽃 나는 꽃병
백일을 맞으며
울타리
사랑

그녀는 그믐달

노재두

사랑하는 것보다
살아가는 게 더 힘들었던 그해

마당 한구석에 쭈구리고 앉아
가끔 그믐달에
마음을 달랠 때마다
언제나 찾아와
아른거리는 여인의 미소

불화살 가슴에 박히는
통증의 전율을 아는지
나의 가슴에 파고들어
마음까지 사로잡는다

하얀 목련꽃처럼
피어오른 그녀를
나의 비상구라고 불러본다

그녀는 그믐달

노재두

사랑하는 것보다
살아가는 게 더 힘들었던 그해

마당 한구석에 쭈구리고 앉아
가끔 그믐달에 마음을 달랠 때마다
언제나 찾아와
아른거리는 여인의 미소

불화살 가슴에 박히는
통증의 전율을 아는지
나의 가슴에 파고들어
마음까지 사로잡는다

하얀 목련꽃처럼
피어오른 그녀를
나의 비상구라고 불러본다

사랑 박음질

노재두

눈망울이 고운 당신과
사계의 아득한 사랑을 꿈꾸며
사랑은 어느 날 잉태되어
백옥의 손가락에 꽃반지 끼워주며
내 눈 속에만 예쁜 당신

황매산 아랫마을 남루한 살림에
풀벌레 한 마리도 함부로 죽일 줄 모르는
부끄럼 없이 살아가야 한다는
우리의 그 약속을 기약하며

남겨진 하루해가 마지막 날인 듯
우리 삶의 길에 당신 두 손을 꼭 잡고
당신 곁에서 영원히 함께 걸어갈 테야

부자 만들기

노재두

너를 만나러 간다
사랑을 입금하러

날마다 나는 너에게
너는 나에게
사랑을 입금시켰다

조금씩 불어나는 이자
통장에 문신처럼
새겨질 사랑의 흔적

쌓이고 쌓여간다

자동 설치

노재두

사랑하는 사람을 생각하며
마시는 술은 달달합니다

그리운 생각따라
내 마음도 네게 달려갑니다

궁금할 때마다
자동으로 연결되는
사랑의 안부도

소중한 인연이 되도록
매일 당신에게
행복도 자동으로 전송되기를…

너는 꽃 나는 꽃병

노재두

날마다 나는 너를 찾아
여행을 떠났다

그녀에게로 가는 길은
도대체 길이 너무도 많다

빈 꽃병이 꽃을 유혹하듯

멀고도 험한 그 길
중년이 되어서야
발길을 멈추게 했다

나의
빈자리를 꽃 피우게 했던 그녀
지금 내 곁에 있어줘서
고마워요

너는 꽃 나는 꽃병

노재두

날마다 나는 너를 찾아
여행을 떠났다

그녀에게로 가는 길은
도대체 길이 너무도 많다

빈 꽃병이 꽃을 유혹하듯

멀고도 험한 그 길
중년이 되어서야
발길을 멈추게 했다

나의
빈자리를 꽃 피우게 했던 그녀
지금 내 곁에 있어줘서
고마워요

백일을 맞으며

노재두

심장 한복판
모닥불처럼 밝혀주던
가장 눈부신 나비 한 마리
파르르 눌러앉는다

빈 가지에
푸른 잎도 피어나고
꽃으로 물들던 날,
또다시 눈을 뜨는
100개의 꽃잎들은
심장 위에 가득하다

함께 가야 할 내 발길 앞에
꽃 한 송이
저기 황매산 기슭 아래
채 피지 못한
꽃 한송이 화르르
노을 속으로 깔린다

백일을 맞으며

노재두

심장 한복판
모닥불처럼 밝혀주던
가장 눈부신 나비 한 마리
파르르 눌러앉는다

빈 가지에
푸른 잎도 피어나고
꽃으로 물들던 날,
또다시 눈을 뜨는
100개의 꽃잎들은
심장 위에 가득하다

함께 가야 할 내 발길 앞에
꽃 한 송이
저기 황매산 기슭 아래
채 피지 못한
꽃 한송이 화르르
노을 속으로 깔린다

울타리

노재두

뒤척임조차 조심스러운 사람들이
살얼음처럼 누워 있는
삼성 합천병원 507호실
통증의 허물을 벗는다

새벽녘 잠에서 깨어
병원 앞 편의점 플라스틱
의자에 기대어
먼발치의 당신을 가슴에
품어 본다

받아주고 편히 쉴 수 있는
의자가 있어 좋듯이
삐걱거려도 서로 등 기대는
버팀목 되어주는
살뜰한 사람이 있어 좋다

별이 뜨고 달이 지고 무수한 날
살아간다는 것은 붉은 눈시울 같아서
달빛 포근한 밤이면 도란거리는
울타리 같은 가족

마음 위에 마음을 포개며
시나브로 서로에게 스며든다

사랑

노재두

사랑은
밤하늘의
별 보다 빛나…

• 2부 ─ 죽라고우

노재두 시인

본향
일붕사의 하루
죽마고우
510호
추모의 글
시골풍경

본향

노재두

영남의 소금강으로 불리는 황매산 아래
생을 꿈꾸며 어미의 자궁을 찾은 듯
산그늘 689번지에 나의 청춘이 보인다

계절이 바뀔 때마다 울타리에
무성한 풀이 자라고
집안 가득 누렁이와 새끼들
젖 먹는 소리에도 행복이다

줄 것도 보여줄 것도 없는 내게

바랑을 털고 일어서는 본향 길에
살찐 햇살도 찾아오고
맑은 간장 빛 같은 어둠까지
찾아올 때는 초롱초롱 별빛까지
놀러 온다

눈, 먼 추억한 장
흑백으로 남아 서성인다

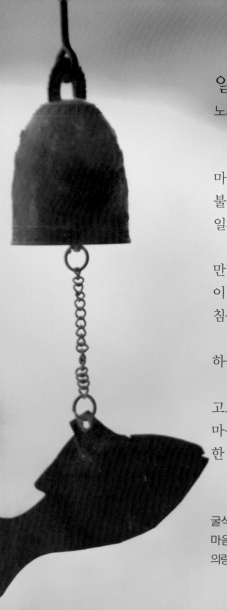

일붕사의 하루

노재두

마음은 하나같이 허상일 뿐인데
불법은 언제나
일체유심조에 머물러라 한다

만법에 근원은 마음이라
이 마음 또한
침묵으로 본성을 지켜보자

하늘빛도 푸르듯,

고요한 마음에는 우주가 비치듯이
마음 또한 적멸에 던져놓으니
한 세상 편히 쉬어 가겠다

굴삭기 작업하는 날
마음도 비우기를 함께 했던 9월 27일
의령 일붕사에서

일붕사의 하루

노재두

마음은 하나같이 허상일 뿐인데
불법은 언제나
일체유심조에 머물러라 한다

만법에 근원은 마음이라
이 마음 또한
침묵으로 본성을 지켜보자

하늘빛도 푸르듯,

고요한 마음에는 우주가 비치듯이
마음 또한 적멸에 던져놓으니
한 세상 편히 쉬어 가겠다

굴삭기 작업하는 날
마음도 비우기를 함께 했던 9월 27일
의령 일붕사에서

죽마고우

노재두

보리향 익어가는 운동장 모래밭에
말타기 하던 날이 엊그제 같던데
어느덧 중년이다

어떤 이는 손자 손녀 자랑에 끝이 없는걸 보면
멀리 뒤쪽 황매산 능선에는
그야말로 정기가 살아서
꿈틀 거린 것이 틀림없다

천 리 길 타향 땅에 뿌리 내려봐도
마음속에는 공허뿐인데
뭘 하나 버릴 게 없는 삼가의 풍경들이 그립구나
안 보면 보고 싶고 곁에 있어도
늘 그리운 친구,
삼가초등학교 62회 동창의 숨결을
느껴보고 싶다

보고 싶다 친구야!

510호

노재두

균형을 잡아 보려고 안간힘을 써보지만
짓누르는 무게에 굴복하고 말았다.
네가 이기나 내가 이기나
나이에 장사는 없더라
삶의 오르막 정점에 서 있다가
점차로 내려가는 길로 접어든 나이
몸이 소중함을 깨닫게 한다

삼성합천병원 510호
유리창 밖의 세상은
아직도 분주하기만 하다

부리에 피멍 들게 지었던
내 집은 어디로
잿빛 하늘에 꺽꺽
울어대는 까치의 입부리가
애달픈 하루다

추모의 글

노재두

친구들이 하나둘씩 깎아
내려앉은 반달의 너의 모습
저 달빛을 어찌 보내리

서녘 먼 길 가다 말고
삼가 초등학교 운동장에
걸쳐 앉았구나

이 밤도 사무치는 한을 흐느끼며

봉근아
이승에서 이루지 못한
우리들의 정
보름달처럼 훤히 채워지길
기도한다

강봉근 영가 추모글
2023년 11월 12일

시골 풍경

노재두

오일마다 열리는 삼가 장날이다
어디론가 터뜨리고 싶은
자유의 소리 뻥이요
뻥튀기 돌아가는 장날은 유난히도
억척스러운 사람들 노동 하나만으로
오일장을 부풀린 난전의 풍경 속에
사람 냄새가 더 좋다

파장의 시간
한쪽 구석진 곳 다라이에 갓 눈뜬
새끼 강아지 올망졸망 형제끼리
비비고 낑낑거린다
서로의 희비 속에 밝게 번지는
저 풍경이
풍요롭고 자유롭다

8마리 중 6마리 팔고 2마리 남았다
파장의 시간인데
싸게 저놈들 두 마리 주시요

어머니는 떨이로 사 가시려고
이 시간 찾아오시는 것 같아
강아지 두 마리를 안고
시장 골목을 빠져 나갔다

기력조차 노곤해진 해 그림자도
눈꺼풀이 무거워
꾸벅꾸벅 졸고 있다

3부 계절도 사랑도 물이 들고

노재두 시인

눈빛
계절도 사랑도 물이 들고
옛집
합천 돼지국밥
깨달음
극락왕생을 기원하며
장닭

눈빛

노재두

바라만 봐도

설레이는 건

아마도 사랑일 거야

계절도 사랑도 물이 들고

노재두

길 건너 마을 황강에도
무지개가 피더니

봄은 꽃송이로 화사하고
여름은 연초록빛 청춘이더라
가을은 단풍으로 물이 들고
겨울은 순백으로 치장하건만

마음에 점찍어 놓고 간 사랑
한 순간에 번져
세상을 아름답게 물도 들더라

옛집

노재두

땀으로 목욕하며 살아온
궁핍했던 유년의 기억들

가슴에 상형문자 추억으로 새겨놓고
우렁찬 엄니의 메아리 소리만
귓전에 맴돈다

갈대꽃처럼 메말라 부서져도
끝끝내 놓지 못한 자식의 끈

봄날 푸르던 잎새 가을빛에 물들듯
아들은 어느새 중년이 되어도
어디 가나 그림자 되어주고
함께해 주신 나의 수호신이다

옛집이 나를 부르듯
엄니의 이름 석 자 부르며
가을볕에 잘 익은 홍시 한 소쿠리
토방에 올려놓습니다

합천 돼지국밥

노재두

왁자한 문 앞에 줄을 섰다
뱀의 지나가는 길목처럼 늘어져
거기 오래된 입간판을 떠올리면
지금도 군침이 돈다

벌겋게 충혈된 국물이
세월에 엉켜 보글보글 끓기 시작했지
한해의 단어들이 국물 위에 떠다니고
새해는 사랑하는 아내와
뜨거운 사랑만 떠먹기로 했다

마지막 국물까지 짜며
또 한해를 헹군다

깨달음

노재두

중년의 길목에 서있는 난
육십이란 나이에
성숙과 완숙이라는 단어의
흔한 말에도 깨닫고
알아차리지 못했다

아내와 동행길에
합천 황강의 *연호사 기도 도량에서
알아차림을 얻었다
달마의 눈물처럼 서러워할
거룩한 기도처럼
그 눈물 속에 깨달음의 눈을 떳다

*연호사 : 황강은 덕유산에서 발원하여 거창 수승대 앞을 지나 합천댐에서 잠
깐 머물렀다가 다시 합천 읍내를 휘감아 흐른다. 모래톱이 아름다운 강변 맞
은 편 절벽의 대야성(大耶城)과 연호사(烟湖寺) 그리고 함벽루(涵碧樓)에는
많은 이야기가 켜켜이 쌓여 있다.

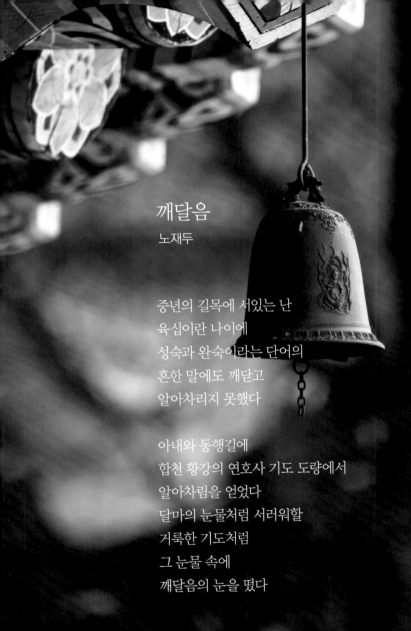

깨달음
노재두

중년의 길목에 서있는 난
육십이란 나이에
성숙과 완숙이라는 단어의
흔한 말에도 깨닫고
알아차리지 못했다

아내와 동행길에
합천 황강의 연호사 기도 도량에서
알아차림을 얻었다
달마의 눈물처럼 서러워할
거룩한 기도처럼
그 눈물 속에
깨달음의 눈을 떴다

극락왕생을 기원하며

노재두

기약 없는 기약이 기별이다
이별은 불쌍하다
돌아서는 그림자도 진실로 불쌍하다

기뻐서 웃다가 슬프게 돌아서는게
죽음이다
물 한 모금 마시고 숨 한 번 멈추면
끊어지면 인생인 것을…

외삼촌의 이별, 극락으로 윤회 하소서 (추모의 글)
2023. 11. 08 (음 9. 25)

장닭

노재두

유정란을 받아먹기 위해
힘 좋은 장닭이 필요했는데 마치
며칠 전 친구가 씨알 좋은 장닭을 들고 왔다
암탉 다섯 마리에 장닭은 한마리만 있어도 된다
뒤통수 털이 다 빠져버린 암탉을 보며 마냥 좋아했다

즐겁게 잘 지내는 걸 보니 다행이다 싶어
아내는 밖에 넓은 곳에서 놀아라
문을 열어준다
그 후 며칠째 안 보이더니 3일 후 다시 찾아왔다
아침 맞을 준비를 하며 꼬끼오 한가락 길게 뽑는다
여러 아내를 거느린 집안의 가장으로 역할을
폼 나게 잘해낸다
장닭의 쩌렁쩌렁 울어대는 닭의 힘찬 울음소리
사람 사는 맛이다

1부 ─엄마의 외출

심애경 시인

홍시

심애경

하세월 따리 틀어
빈 가지 끝에 서서

붉어진 옹이까지
화인으로 새겨놓고

엄니 품
떠나는 눈물
하염없이 떨군다

엄마의 외출 1

심애경

배고픔 한이 서려
바람도 담아보고

빈 그릇 닦아가며
달빛도 채워보니

홀로된
어머니 설움
시리도록 묻어난다

엄마의 외출 1

심애경

배고픔 한이 서려
바람도 담아보고

빈 그릇 닦아가며
달빛도 채워보니

홀로된
어머니 설움
시리도록 묻어난다

업둥이 ^{옥수수}

심애경

한평생 매달려서
초록바람 흔드시며

안아주고 업어주며
아등바등 살아왔다

잘 익은
당신의 사랑
알알이 박혀있다

업둥이 옥수수

심애경

한평생 매달려서
초록바람 흔드시며

안아주고 업어주며
아등바등 살아왔다

잘 익은
당신의 사랑
알알이 박혀있다

굴삭기

심애경

배고픈 덤프트럭
느닷없이 밀고 와서

싹싹 긁어 떠먹이고
배가 불러 사라진다

울 어머니
손가락 마디
휘어지게 사셨다

낚시
심애경

적막을 미끼하여
낚싯대 드리우다

어둠을 훔쳐 갔던
밝은 달 낚아챈다

저 물속
달의 취기는
깨우지 않으리

바느질

심애경

장롱 속 봄옷 모아
바늘이 실을 물고

빛바랜 흔적들을
한 땀씩 이어간다

하세월
부딪친 상처
마디마디 꿰맨다

짱뚱어

심애경

썰물에 술래 되어
갯벌 질주 놀이터다

갈매기 날아들면
깊숙이 숨었다가

밀려든
파도 소리에
엄마 찾아 외친다

여자의 일생
심애경

가슴에 돋은 가시
뽑을 줄도 모르고

한평생 지킴이로
상처만 품고 살다

정짓간
숨어 운 설움
아궁이에 태웠다

여자의 일생

심애경

가슴에 돋은 가시
뽑을 줄도 모르고

한평생 지킴이로
상처만 품고 살다

정짓간
숨어 운 설움
아궁이에 태웠다

나팔꽃 1^{시조}

심애경

수줍게 고개 숙여
밤마다 찾아가서

입술에 맺힌 단어
그 이름 불러본다

사랑의
나팔소리가
하늘에도 닿기를

나팔꽃 2^{시조}

심애경

하루를 열어주는
새벽종 기상나팔

온종일 하늘길 열며
내일의 희망 심고

삶이란
줄타기 곡예 엄마 따라 오른다

할미꽃

심애경

어느 날 펴던 허리
숙여야 편안하던
입 다문 꽃봉오리
원망의 탓도 없이
할머니
한 생의 업보
고스란히 지고 가셨다

A Pulsatilla Koreana(A Pasque-flower)

Ae-Kyung, Shim

One day, the waist which was straightened
To her, to bend was the more comfortable
A flower bud was buttoned
And she didn't attribute it to whom is blamable

엄마의 외출 2

심애경

바람을 껴안으며
넘어지면 일어나고

세월을 부여잡고
멀리도 나와 있다

유리창
밖의 세상은
꿈이 아직 꿈틀댄다

엄마의 외출 2

심애경

바람을 껴안으며
넘어지면 일어나고

세월을 부여잡고
멀리도 나와 있다

유리창
밖의 세상은
꿈이 아직 꿈틀댄다

천리향

심애경

봄 햇살 등에 지고
향기가 그윽하다

돌부리 가시덤불
천리 길 품어 안고

한자리
팔십대 엄니
나를 향해 서 있네.

목탁 ^{시조}

심애경

두 뺨이 터지도록
두들겨 맞고 살지

평생을 참아내며
깨달음 일깨운다

이 뭐 꼬

득도의 길을 여는
무념무상의 빈 몸통

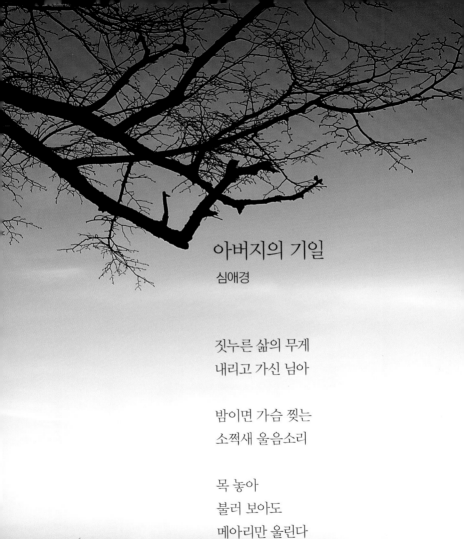

아버지의 기일

심애경

짓누른 삶의 무게
내리고 가신 님아

밤이면 가슴 찢는
소쩍새 울음소리

목 놓아
불러 보아도
메아리만 울린다

• 2부 ― 숨비를 품다

심애경 시인

다듬이 소리
한결 같아라
장미꽃
솜베를 품다
사랑앓이
탁구공
바지랑대
손톱연가
사랑고백
연리목사랑
그리움 순례

다듬이 소리

심애경

새하얀 선율 따라
너와 나 마주 앉아

구겨진 시름들을
밤새워 두드리니

지난날
골 깊은 상처
주름살도 펴졌다

한결 같아라

심애경

같은 곳 함께 걷는
부부라 할지라도

너와 나 마음속은
볼 때마다 다르더라

이 밤은
같은 색으로
한결같이 오고 간다

장미꽃

심애경

가시를 세울수록
태동은 꿈틀대고

임 향한 붉은 고백
그 한을 토해내며

뜨거운
사랑의 불꽃
눈시울만 붉구나

장미꽃

심애경

가시를 세울수록
태동은 꿈틀대고

임 향한 붉은 고백
그 한을 토해내며

뜨거운
사랑의 불꽃
눈시울만 붉구나

슴베를 품다

심애경

심장에 슴베처럼
깊숙이 찔러 놓아

이제는 쉽사리도
뽑아낼 수도 없다

사랑도
이같이 얽혀
품어 안고 말았다

*슴베 : 칼, 괭이 호미 따위의 자루 속에 들어박히는 뾰족하고 긴 부분.

습베를 품다

심애경

심장에 습베처럼
깊숙이 찔러 놓아

이제는 쉽사리도
뽑아낼 수도 없다

사랑도
이같이 얽혀
품어 안고 말았다

사랑앓이

심애경

비오는 밤거리에
전깃줄 새 한 마리

흠뻑 젖은 그리움
끝없이 털고 있다

두발은 감전된 사랑
꽉 잡고서 놓지 않네

사랑앓이

심애경

비오는 밤거리에
전깃줄 새 한 마리

흠뻑 젖은 그리움
끝없이 털고 있다

두발은 감전된 사랑
꽉 잡고서 놓지 않네

탁구공

심애경

양쪽 뺨 내어 주며
평생을 맞고 살지

내장까지 다 비워서
가볍게 질주한다

너와 나
밀고 당기어
하나가 된 동반자

바지랑대

심애경

두 팔에 매달려서
버팀목 되어주고

가족의 이야기가
빨랫줄 가득 차네

해질 녘
홀로 된 시간
밤하늘을 지킨다

손톱 연가

심애경

그리움 피어올라
무지개 그려놓고

스쳐간 사연들을
제각기 물들이며

뜨겁게
익어간 연서
손끝에서 피었다

사랑 고백

심애경

여인의 굳게 닫힌
마음을 두드리다

숨었던 말 문고리
뜨겁게 열어보네

피어난
힘의 무게는
둘이 걷는 사랑길

연리목 사랑

심애경

내 마음 당신 곁에
얽히고 설키어서

떼려야 뗄 수 없는
소중한 한 몸이다

두 발은 감전된 사랑
꽉 잡고서 놓지 않네

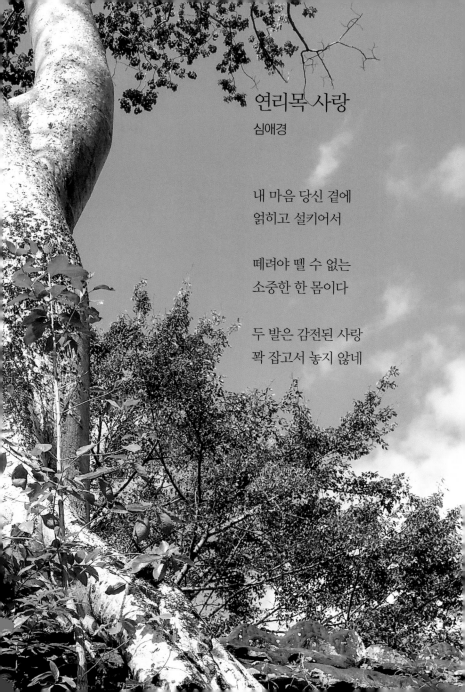

연리목 사랑

심애경

내 마음 당신 곁에
얽히고 설키어서

떼려야 뗄 수 없는
소중한 한 몸이다

두 발은 감전된 사랑
꽉 잡고서 놓지 않네

그리움의 순례

심애경

낙엽 진 산 골짜기
달빛을 걸어두고

귀뚜리 벗 삼아서
연주회 열어보니

산새도
떠난 빈자리
가을 홀로 외롭다

그리움의 순례

심애경

낙엽 진 산 골짜기
달빛을 걸어두고

귀뚜리 벗 삼아서
연주회 열어보니

산새도
떠난 빈자리
가을 홀로 외롭다

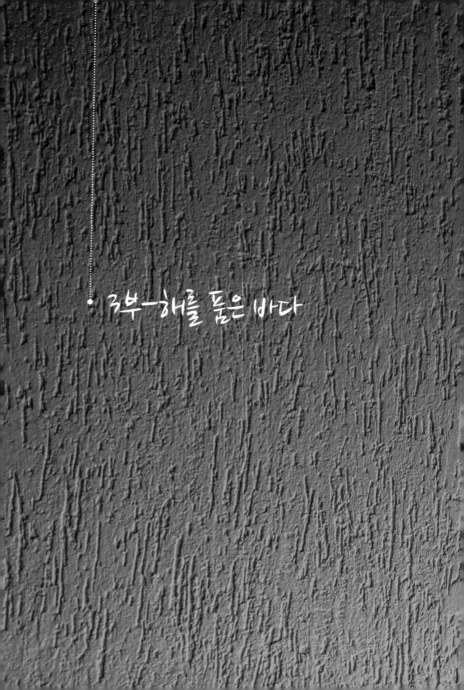

3부—해를 품은 바다

심애경 시인

비누의 향기

심애경

파문이 일 적마다
시린 가슴 깎아내려

거품도 토해내며
늘 젖어 살아온 날

헐벗은 노동의 시간
작아지는 몸뚱이

거미

심애경

허공에 그물 치고
해와 달 낚는 어부

숨죽여 기다려도
바람만 왔다 가네

빈 하늘
줄 타는 곡예
끝이 없는 인생길

모내기

심애경

저마다 엮은 사연
한잎씩 뜯어내어

해맑은 푸른 청춘
행간에 글을 심네

못줄에
박음질한 삶
파릇파릇 자란다

동백꽃

심애경

순결을 자랑하듯
뜨거운 사랑 맹세

샛바람 신열이 나
송이채 떨어졌다

혼 바쳐

피워낸 연서
붉디붉은 그리움

장마

심애경

먹구름 하늘 덮자
눈물을 앞세우고

소나기 쏟아지자
목 놓아 우는구나

미물인
청개구리도
부모 생각 그립다

장마

심애경

먹구름 하늘 덮자
눈물을 앞세우고

소나기 쏟아지자
목 놓아 우는구나

미물인
청개구리도
부모 생각 그립다

해를 품은 바다 ^{해돋이}

심애경

태어난 여린 햇살
수평선 위에 누워

어두움 밀어내며
짠물을 움켜쥐네

섬과 섬
생명줄 잇는
배밀이가 한창이다

흔적

심애경

모롱이 지나가다
붉게 핀 봉숭아꽃

너와 나 사랑 고백
손톱 위에 물들였지

첫사랑
스쳐간 시간
여름날의 그리움

누렁이

심애경

온 동네 구석구석 밤이슬 맞아가며
물고 온 저 짝째기 신발들 모아본다

한살림

재활용도 못할 무지갯빛 쓰레기

손 없는 날

심애경

산 자는 이사하고
죽은 자 이장한다

그 잠시 상에 갇혀
좋다 싫다 구별하네

마음에
머물지 말자
언제나 좋은 날

폐교

심애경

교문이 굳게 닫혀
인적도 떠난 교실

앞 바다 눈을 감고
뒷산도 입을 닫아

동심의 그 눈망울들
별로 뜨는 밤하늘

폐교

심애경

교문이 굳게 닫혀
인적도 떠난 교실

앞 바다 눈을 감고
뒷산도 입을 닫아

동심의 그 눈망울들
별로 뜨는 밤하늘

냉이

심애경

시린 밤 움켜쥐고
서릿발 밀어 올린

동경한 새봄 향기
바람을 재촉하네

언덕에
초록의 얼굴 그윽하게 봄이 왔다

냉이

심애경

시린 밤 움켜쥐고
서릿발 밀어 올린

동경한 새봄 향기
바람을 재촉하네

언덕에
초록의 얼굴 그윽하게
봄이 왔다

풀벌레

심애경

물오른 저 풀벌레
입맛이 당기는 날

평화의 봄철 맞아
식감도 일품이다

초록을
너무 사랑해
뱃속까지 풀밭이다

풀벌레

심애경

물오른 저 풀벌레
입맛이 당기는 날

평화의 봄철 맞아
식감도 일품이다

초록을
너무 사랑해
뱃속까지 풀밭이다

축사

출판 축하 메시지

한 가족이 시인이 되기까지
귀한 만남의 인연이라 본다

가족이란 한 울타리 안에서 어머니, 아들, 며느리가 결
혼식 날 [울타리]라는 시집을 엮어 세상에 나옴을 축
하드리며 건투를 빌어드린다

늦깎이 만나 가정을 이루고 서로 사랑한 만큼 믿고 의
지하며 같이 버틸만한 지지대를 하나 더 얻었으니 서

로 버팀목이 되어 큰 믿음을 서로에게 심어주게 된다
면 진정한 행복의 무게를 한없이 느낄 수 있겠습니다

합천의 중심지가 되어 동네 앞 느티나무처럼 쉼터가 되
어주고 가슴과 가슴으로 호흡은 하나 되어 합천 황강
의 하류처럼 스스로가 낮아져 넓어진 그릇이 되시길
기원드리며 시인의 가정에 장도를 축원합니다

전) 합천 덕곡면장 소언효